OPCIÓN CERO

Pozo Castillo, Yannit
    Opción cero / Yannit Pozo Castillo; edición literaria a cargo de
    Luis Pedro Videla; 1ª ed. - Buenos Aires: Deauno.com, 2011.
    80 p.; 21 x 15 cm.

    ISBN 978-987-680-015-0

    1. Narrativa cubana. 2. Cuentos. I. Videla, Luis Pedro, ed. lit. II. Título.

    CDD Cu863

© 2010, Yannit Pozo Castillo
© 2011, Deauno.com (de Elaleph.com S.R.L.)
        Imagen de tapa: Gustave Doré.
        Gen. 19: Lot Flees as Sodom and Gomorrah Burn
© 2011, Luis Videla, edición literaria

contacto@elaleph.com
http://www.elaleph.com

Para comunicarse con el autor: yannitpozocastillo@hotmail.com

Primera edición

ISBN 978-987-680-015-0

Hecho el depósito que marca la Ley 11.723

YANNIT POZO CASTILLO

OPCIÓN CERO

deauno.com

Soy una persona limitada. Nunca he sabido qué hacer con mis obsesiones, mis fantasmas; me dominan, como a la mayoría. Me dominan porque no los puedo definir. Y eso es lo propio de un fantasma.

La corta vida de la cual casi siempre pienso que no soy merecedor, me ha mostrado que intentar definir algo es el modo preciso de indefinirlo. Los antiguos creían en la fuerza de las analogías para definir, es por eso que la forma de la antigüedad es la metáfora.

He aquí las metáforas de mis fantasmas. Un intento oblicuo de definirlos mediante argumentos de torpe ejecución. Mediante la palabra, que ya sabemos que ni a sí misma se define.

En fin, eso encontrará el lector. Un deseo infinito de definir fantasmas. Y enseñarlos. Para que ya no sean más del lector. Si no sintiese eso el lector, recuerde entonces la primera oración.

Y. P. C.

Los hombres más opacos
emiten algún resplandor.

<small>MARGUERITE YOURCENAR</small>

EL ESCRITOR Y SU ESPOSA

En la Terminal, el ambiente estaba lleno de murmullos que se untaban a todo como una lapa. Muchas personas deambulaban con el embobecido y lento aire de los recién llegados. Otras, daban paseos cortos e impacientes. Y en los rincones más oscuros, sobre cartones, dormían algunos indigentes sin preocuparle el horario de los ómnibus, ni el embobecido y lento aire de los recién llegados, ni el murmullo pegajoso, ni nada.

El joven manejó hasta el hotel donde el matrimonio iba a estar durante el evento literario al que estaba invitado el escritor. Por el camino el joven trató de ser agradable. Y dijo algo sobre Chejov y los pueblos pequeños y tristes. Pero el escritor se sentía muy cansado. Y no dijo nada. Sin embargo, la esposa cruzó algunas palabras.

Cuando llegaron al hotel el escritor no quiso que el joven los acompañara a la habitación. Era un hotel de mediana categoría, aunque las paredes estaban bien pintadas y las habitaciones tenían mesitas de noche. Sólo el escritor se quejó un poco sobre el ruido de la ciudad, que se filtraba con bastante nitidez; a la mujer, más bien le agradó.

—Fuiste frío con ese muchacho —dijo la esposa cuando el escritor se estaba desvistiendo para darse un baño.

—No me quedó otro remedio.

—Siempre no te queda otro remedio.

—Yo sé lo que digo. Son muchachos faranduleros, ¿no viste cómo habló de Chejov?

La mujer meneó la cabeza y se quedó callada.

Al otro día, el joven los fue a buscar después del desayuno y les preguntó si habían descansado y la mujer le contestó que más o menos. Después, los condujo al salón donde se iba a inaugurar el evento literario.

Fue una ceremonia con cierto dinamismo, pasaron cosas en tonos diferentes. Al final, los jóvenes escritores tuvieron su oportunidad y algunos leyeron; entre ellos, el joven. Los asistentes al evento aplaudieron mucho. Pero el joven no se veía complacido. Por el mediodía, cuando condujo al hotel al escritor y su esposa, le dijo al escritor:

—¿Usted cree que pueda sugerirme algo para mejorar lo que leí hoy?

—Sí —contestó el escritor sin mirarlo—. Trabajo, mucho trabajo.

—Eso lo sé. Me refiero a algo preciso. Las palabras se me traban en la boca.

—Déjale los trabajos —intervino la mujer—, él te los va a revisar.

El escritor la miró de una manera dura, pero no se negó.

Cuando se bajaron en el hotel, el joven les entregó unos poemas escritos a mano, el escritor los tomó y dijo:

—Yo te aviso cuando termine.

La mujer le dijo adiós al muchacho. Y, con una mezcla de humildad e importancia porque era tomado en cuenta, este sonrió y también dijo adiós.

—Se jodió mi descanso —dijo el escritor cuando entró a la habitación y tiró los manuscritos sobre la cama. La mujer hizo silencio. Luego dijo:

—Me acuerdo cuando empezaste a escribir... Todo te quedaba tan lindo.

—Nunca quise escribir "lindo".

—Pues yo lo encontraba así... Ese muchacho me recuerda cuando empezaste. Tú eras así. Pensabas que cualquiera tenía deseos de ayudarte.

—Perdóname, pero nunca fui tan impertinente.

—Ahora ya eres un escritor. Aquel muchacho flaco que llegaba despeinado a mi casa, se hizo un escritor.

—Hablas como si escritor y piedra fuera lo mismo.

—No he dicho eso. Sólo dije que extraño tu inocencia. Aquellos cosas donde hablabas del amor y de mí. Extraño cuando tenía que quedarme en mi casa porque tú no podías llevarme a salir, porque según el escritor, tenía trabajo, mucho trabajo. Al otro día llegabas con un poema y aunque no fuera para mí yo...

—Te dediqué mi último libro —dijo el escrito, cortándole la frase a su esposa. Esta hizo silencio. Luego dijo como para nadie:

—¿A quién más puedes dedicárselos? No tenemos a nadie.

—Bah, ¿por qué no lees los poemas del muchacho y le haces tú las sugerencias? Estoy muerto.

—Claro. Dámelos.

—Míralos ahí.

La mujer cogió los poemas, se acostó y empezó a leer. Inesperadamente, sin quitar la vista de los poemas, preguntó a su esposo:

—¿A qué hora dijo el joven que venía a recogernos?

Y antes que él alcanzara a contestar, tocaron a la puerta de manera tímida.

El circo sorpresa

La función estaba a punto de empezar y Adrián no había conseguido los veinte centavos que le faltaban para completar el dinero de la entrada. Estaba parado frente al estanquillo de las papeletas, viendo cómo las últimas personas pagaban y entraban al Circo Sorpresa. Cuando solamente quedaban tres o cuatro personas por entrar, Adrián se decidió a pedir el dinero. No soportaba la idea de perderse al payaso Pastillita. Miró a su alrededor y escogió a una señora de cachetes gordos como globos que guardaba su vuelto en una cartera plateada. Se le acercó, la tocó por la mano y le dijo: señora, ¿me pude dar veinte kilos para entrar al circo? La señora bajó la vista y vio a un niño despeinado, con una camisa y un short algo descolorido y un par de zapatos nuevos, pero puestos sin medias. Y qué sé yo quién tú eres, exclamó la mujer. Yo me llamo Adrián, repuso el niño. Sí, pero yo no te conozco. Yo soy hijo de Marta, una que era maestra, que vive por Los Filtros. No se quién esa Marta ¿y de Los Filtros aquí tú viniste solo? Sí, dijo el niño de manera tímida. De repente se escuchó una música que venía de la carpa, la función iba a empezar. Deja ver, ¿cuánto te hace falta?, preguntó la mujer. Tengo ochenta kilos y me falta una peseta para tener un peso. La mujer abrió la cartera y sacó un peso, se lo dio al niño y dijo: dame los ochenta kilos. El niño pensó un momento. Después le dio los centavos a la mujer y corrió al estanquillo.

No había tantas personas en las graderías. Era una de las últimas funciones. Adrián se sentó donde primero vio un espacio vacío; no quería perderse ningún detalle. El primer número fueron unos monos que montaba bicicleta. Luego entró un caballo disfrazado de unicornio y los monos se montaron encima y empezaron a hacer piruetas sobre las ancas del caballo. Es muy gracioso ver monos sobre un unicornio. Tres mujeres que casi estaban desnudas y que tenían las riendas de los monos y el caballo, dieron algunas volteretas entre los animales y los sacaron del escenario de un modo disimulado. Apagaron todas las luces. Y, de pronto, una luz cayó sobre el mismo centro de la carpa e iluminó un barril. El barril comenzó a moverse por todo el escenario. La luz lo seguía. Súbitamente, de adentro del barril, salió el Payaso Pastillita. Era lo más esperado. Los amigos del barrio habían hablado mucho de las payasadas de Pastillita. El payaso más cómico del mundo, decían los que ya habían visto la función, todo lo que hace da risa; hasta cuando se calla es cómico.

La función terminó una hora y media después.

Adrián se quedó sentado con la esperanza de que el payaso saliera de nuevo. Y no salió. Entonces quiso verlo de cerca, tocar sus zapatones, darle un piñazo amistoso en la cara para que cayera de esa manera tan graciosa, y saber cómo era la corbata que se paraba en el cuello y después se bajaba si le cantaban una canción. Sería algo grande de verdad. Aprovechó el último tumulto de personas que salían vociferando y se escurrió por el borde de la gran carpa. Al llegar al otro lado, el lado que el público jamás ve, advirtió muchas tiendas, pero sólo una estaba llena de colores, los mismos colores del barril. Corrió hasta allí y lo primero que asomó fue un mechón de pelo, después la frente y por ultimo la cabeza. ¡Sí, era la tienda del payaso! Ahí estaba, parado frente a su espejo, con la peluca en la mano y los zapatones colgados del cuello.

El hombre ve al niño y con un gesto lo manda a pasar. El niño sonríe y camina con los brazos cruzados en la espalda. El hombre coge una servilleta que estaba sobre una mesita y se la pasa por la cara. Aunque los bordes blancos alrededor de los ojos quedan intactos, el maquillaje se riega. El niño mira al espejo y ve que el reflejo del hombre también lo ha estado mirando, entonces ambos sonríen como si fuesen viejos conocidos. De repente se escucha el espantoso chillido de un mono, y casi estallan en una carcajada. El niño se tapa la boca con las dos manos, no quiere que el hombre le vea los grandes dientes que le salieron. Avanza un poco, se sienta en una banqueta y, con los ojos muy brillantes, mira cómo el hombre termina de quitarse el maquillaje. Los dos permanecen en silencio. En todo ese tiempo el mono chilla, pero ya no asusta tanto. Un instante más tarde se vuelven a mirar. Sólo el niño lanza una sonrisa cómplice, que rápidamente borra de sus labios, cuando ve que la cara del hombre refleja algo que no sabe descifrar. El hombre va y se asoma afuera y cierra la entrada de la tienda y se le acerca al niño que, deja entrever en sus labios una sonrisa nerviosa. Lo coge por las axilas y lo carga. Se sienta en la banqueta y lo pone sobre sus muslos.

FÁBULA I

GENTE HASTIADA

Las cucarachas son de esas personas que se hastían rápido de sí mismas y de los otros. La de esta fábula, sólo estaba hastiada de sí misma porque, según ella, sus compañeras no merecían ni su hastío. Y decidió que sería filósofa. Para empezar, quiso encontrar un maestro, y como no tenía pertenencias, partió en el mismo instante en que se le ocurrió vivir de tan sublime profesión.

Cierta mañana llegó a un tonel. (La casa apropiada para los filósofos.) Enseguida, se partió una de las antenas para ganar en eso del aspecto filosófico; luego, con aire de conquistador Macedonio, se paró frente al tonel.

Hasta ese momento el filósofo no se había percatado de su presencia; pero, cuando la discípula iba a iniciar su petición el hombre la vio y la aplastó con un golpe de carcañal. ¡Malditas cucarachas, si supieran lo asquerosas y aborrecibles que son, sin dudas estarían en La Academia!, dijo el hombre con voz hastiada.

En el porvenir

Hacia el porvenir partieron sombras...

Silvio Rodríguez.

—¿Qué es mejor que un bicitaxi?

—Terminar el día —dijo Martín con voz tenue.

El Negro cogió el cabo y rápidamente le dio dos chupadas, hasta que lo tuvo que soltar.

—No, *brother*, me refiero a la materia de las tres ruedas —dijo mostrando la típica sonrisa de negro jovial—. Mejor que un bicitaxi es... dos bicitaxis —Martín lo miró con el rabo del ojo, respiró fuerte y dijo:

—Todos los días son todos los días, pasan y pasan, y uno ni se da cuenta de que son huecos que se abren en esta mierda de vida. Nunca pasa nada para estremecerse, para romper de verdad con todo.

—¿Quejeso Mar? —preguntó el Negro enseñando el blanco de los ojos en tono de burla. Martín miró el cabo que ya estaba casi consumido, escupió con fuerza y se detuvo un instante a mirar las figuras que formaban los últimos vestigios de humo. Tosió ligeramente, y dijo:

—El bicitaxi es algo que salió del estremecimiento de un tipo sin dinero y obstinado de todos los días, un tipo que rompió con todo. Claro, los estremecimientos son del tamaño de la cabeza estremecida. Por ejemplo Einstein se estremeció, y por ser él, se dio cuenta de que todo era relativo. Si un día tú, el Negro, te estremeces, quién sabe si inventas el bicitaxi de una rueda —hizo una pausa—. Dos bicitaxis son dos estremecimientos, y uno se estremece una vez, o no.

—Ven acá compadre, ¿tú eres co...?

De pronto los jóvenes se bajaron y corrieron por el callejón del solar "El Porvenir", dejando envuelto a un policía en una leve fragancia de marihuana.

FÁBULA II

LA RATA PROFUNDA

Era buena discípula porque siempre siguió la máxima de su maestro: busca en lo profundo de todo. Un día se paró frente a la ratonera que le tenía preparada desde hacía muchos años el dueño del almacén donde ella tenía su madriguera. Y aunque ella conocía bien la trampa, puesto que ese tipo de artefactos son los primeros que se estudian en las escuelas de ratas, quiso descubrir lo profundo del pensamiento del persistente almacenero. Entró y quedó felizmente atrapada.

Un instante después, absorta y a punto del desconsuelo, la rata vio, por entre los huecos de la trampa, una escena que echaba por tierra la máxima de su maestro: a medio metro de altura quedaron, colgando, los pies del arruinado dueño del almacén. Murió entonces ignorando la superficie.

ALIVIO

Hace un par de semanas, por ejemplo, te hubieses levantado de la cama quitando el peso de tu cuerpo con suma lentitud, cuidando que Herminia no se despertara. Pero hoy ya no te importa levantarte de manera brusca, como alguien dispuesto a enfrentar algo poderoso y desconocido, porque ella y tu hijo te han abandonado; levantarte, respirar y sentir el olor que últimamente le ha sido más grato a tu insolente nariz, el discreto olor del barro; después, encender la luz de tu habitación, porque aún no ha amanecido, y comprobar que la puerta está semiabierta y es por eso que el olor del barro te ha llegado desde la sala con una intensidad no habitual. Indiscutiblemente la noche es más fría sin Herminia —piensas—, aunque indiscutiblemente se duerme mejor —ríes sin ánimo—, probablemente quería eso —te dices en voz alta—, solo en mi casa, con mi barro y mis ideas, solo, los artistas necesitamos de la soledad como el pez del..., es una idea estúpida —te corriges, y avanzas hasta la sala.

En la sala, sobre la mesa de trabajo, la única del apartamento, está lo que desde hace unos meses atrás has convertido en el centro de tu vida, una figura de barro modelada siempre el día anterior, y hoy, como cada mañana, vas a escudriñar hasta la saciedad para comprobar que no tiene la angustia, el dolor o tal vez la inocencia que intentaste arrancar de su cuerpo informe, cuando todavía era un pedazo de barro sobre tu mesa, frente a tus ojos. Pero tú nunca miras la figura de inmediato, ese acto breve, casi azaroso, lleva una preparación que cumples casi maquinalmente: esquivando las vasijas con barro que están esparcidas por toda la sala, vas al refrigerador y bebes un poco de agua; casi nunca, cuando tomas agua, dejas de tener la idea de modelarla, es algo a lo que incluso Dios temería —piensas, mientras empiezas a preparar la cafetera para beber también el poco de café matutino, tal vez la única costumbre que guardas de tu otra vida, aquella de la dignidad de un modesto y sacrificado oficio de patólogo, de bienestar familiar y en otras tantas cosas estúpidas que enmascaraban tu vocación de hombre libre, que desea trascender; luego, sentado en la misma butaca de aspecto remoto de donde suele salir la voz del viejo cuando trabajas febrilmente, de espaldas a la figura, esperas a que esté el café; hoy, por ejemplo, estás pensando en cómo sería tu vida si no hubieses hecho la elección de vivir para el arte, para la angustiosa belleza, para trascender, sin importarte las cosas de este mundo al cual, estás convencido, no perteneces, sería una basura —te dices—; después, preguntas a nadie cuántos hombres geniales han caído en la trampa de lo cotidiano y superficial sin haberse conocido, sin entender verdaderamente para qué vinieron al mundo; muchos —piensas— y esta conclusión entristece algo indefinido de tu rostro amenazado por los bellos de tu feliz barba. Ha terminado de colar el café. Avanzas hasta la cocina, te sirves en un baso hasta por la mitad y lo bebes muy despacio como si no quisieras perderte ninguna de las inexplicables y maravillosas sensaciones provocadas por un poco de café en la mañana. Acto seguido entras en tu cuarto y tomas el único libro que has leído hasta el final en toda tu vida, lo abres donde está marcado con un pedazo de papel doblado, y, bajo la sucia luz de tu habitación, empiezas a leer: "¿Por qué ha sido tan mezquina la naturaleza para con el hombre, que no le ha dejado relucir, más a este, menos a aquel, de acuerdo con la plenitud de su propia luz? ¿Por qué no tienen los grandes hombres una visibilidad tan hermosa como el sol en su ascenso y en su declinación? ¡Cuánto menos ambigua sería toda la vida entre los hombres!" No sabes hasta dónde, pero estás seguro, eso tiene que ver con tu nueva vida, y por esa causa es el único párrafo que lees del libro desde hace unos meces. Se lo has leído al viejo y él te ha respondido con su voz distinta: está bueno, deberías ser como un sol, en algún momento esconderte y después salir en medio de todos con luz propia, y tampoco lo has entendido mucho, quizás por eso Herminia y Ernesto, tu hijo, opinaban que la voz del Viejo sólo la escuchabas tú; pero sabes que no es eso realmente lo que sucedía, sino que el Viejo hablaba contigo cuando ellos no estaban en la casa.

Estas reflexiones duran apenas un instante. Entonces sales de tu cuarto y caminas en dirección a la puerta del balcón. Enseguida te percatas del ruido de los motores y los cláxones que, a todas horas, como una inmensa orquesta, fatigan la ciudad. Al otro lado de la puerta del balcón la madrugada amenaza con transformarse en aurora. Abres la puerta. El aire de la mañana es el único que se puede respirar —piensas, mientras respiras con todas las fuerzas de tu pecho; luego, casi puedes ver cómo el apartamento agradece la brisa que se unta a las paredes. La ciudad no es tan mala cuando uno la ve medio dormida desde un sexto piso —dice en voz alta y sientes que no está acostumbrado a tu voz.

Miras abajo. Por un minucioso rayo de luz que salen del primer piso logras ver la tierra, pero no logras definir el sitio exacto donde está la especie de cementerio de las inútiles figuras de barro que cada mañana lanzas por el balcón; eso hace que recuerdes la figura que espera por ti. A escasos metros de la mesa te sientas y miras la figura con una mirada insistente, quizá intentando rectificarla a fuerza de mirada; buscas más allá del volumen, la frialdad y la perfección epidérmica del barro.

Así permaneces mucho tiempo; hasta que, como siempre, se te antoja vulgar y falta de vida, entonces la llevas al balcón, y con temerosa parsimonia, la lanzas. Permaneces en el balcón sólo unos instantes, hasta que escuchas el sonido del impacto contra el suelo, ese sonido que te alivia más que el agua y el café, que también hace que sientas un golpe de pánico, y cierres rápidamente la puerta del balcón y termines en la cama, con los ojos bien apretados, tratando de ahuyentar la idea de que una de estas mañanas, al estar cansado de todo, sean las figuras de barro, las que sientan alivio con el sonido de tu impacto contra el suelo.

EL GRAN ESCRITOR

Había llegado a la ancianidad como el más prolijo de los escritores de la selva. Y, a esa edad, empezó a percatarse de que la literatura, como todo arte, afectaba sólo a las personas cuestionadas y cuestionables. Quiso entonces burlarse, y escribió un libro diferente a los demás libros, cuyo título era: PHRT8NDHH9FTRULNKGG&BIT.

La crítica permaneció mucho tiempo en silencio. Pero, como se trataba del zorro, llegaron al consenso de que era una obra maestra.

Un lejano país con forma de bota

Hoy, como hago siempre, miré mi reflejo en el arroyo aburrido que está junto a la escuelita. Tenía algunos mechones de pelos parados y me los arreglé. Después, me lavé los pies con mucho cuidado, pero no pude quitarme las rayas rojizas que tengo alrededor de las uñas.

Corrí hasta la escuelita.

Cuando llegué, habían izado la bandera. Tuve que entrar y sentarme en silencio. Entonces el maestro dijo como si estuviera cansado: al fin... Pero no lo dijo por mí. Lo dijo porque había hecho aparecer en el televisor a un señor que, con voz muy gruesa, hablaba sobre un país lejano que tenía forma de bota.

Un rato más tarde, bajé la cabeza y pensé en las musarañas. Imaginé que en el país con forma de bota había una escuelita casi igual a la mía, y que en esa escuelita había un niño casi igual a mí, que escuchaba hablar a un señor también con voz muy gruesa, sobre un país que tenía la forma de un pie descalzo.

OPCIÓN CERO

Lo ves Marat
para ellos eso es la Revolución
les duele una muela
y quisieran que se la sacaran…

PETER WEISS

Yo sospechaba algo, porque la noche anterior ella me había llevado a comer a la casa de mi tío. Pero esa tarde, desde que la sentí abriendo la puerta, supe que la cosa estaba mala de verdad. Desde atrás de la vitrina la vi que entró a su cuarto con los ojos llenos de lágrimas. Entonces me alboroté el pelo y me restregué los ojos para que pensara que me había acabado de despertar y fui sutilito hasta su cuarto. Estaba acostada bocabajo, lamentándose con una voz amarga que nunca le había escuchado. ¿Por qué tu estás llorando, mamá?, le pregunté poniendo la voz soñolienta. Ella se asustó y con gestos nerviosos se secó las lágrimas. Porque… me duelen muchos las manos, Rudy, por eso nada más, me dijo. Yo sabía que lo del dolor en las manos podía ser verdad. En aquel tiempo ella trabajaba torciendo fibras para hacer sogas en un taller de la agricultura. Recuerdo que los fines de semana me llevaba para que yo le ayudara. Pero yo sabía que no era por eso exactamente por lo que se lamentaba en silencio. Mi mamá pensaba que cómo yo era un niño, no iba a darme cuenta de las cosas. En eso me vino la idea más grande y oportuna que recuerde de mi niñez. Mamá, le dije, creo que hoy no voy a poder comer. Cómo es eso, Rudy, le escuché decir con disimulada autoridad. Es que cuando salí de la escuela un señor iba con un pedazo así de masa de coco y yo le dije señor me puede dar un pedacito y él me dio casi toda la masa y yo me la comí y ahora me siento mal de la barriga. Me miró de una manera extraña, pero enseguida la vi respira aliviada: Está bien, mi niño, dijo luego. La miré unos instantes más, hasta que estuve seguro de su tranquilidad. Entonces salí corriendo y me colé en mi cuarto. Unos minutos después sólo escuchaba unos lejanos suspiros que, para mí, no tenían nada que ver con mi comida. Esperé un rato. Después, me levanté y, muy despacio, entré en la cocina. Eché agua y azúcar en un vaso, y me tomé aquello a cucún, sin revolverlo, porque me gustaba comerme el azúcar que quedaba en el fondo y porque no quería que ella me escuchara, claro. Regresé a mi cuarto. Estuve mucho tiempo dando vueltas en la cama. Más tarde, cuando ella al parecer se sintió desahogada, se levantó, entró en la cocina e hizo lo mismo. Entonces yo me tapé los oídos, para no escuchar el sonido de la cuchara contra el cristal del vaso.

FÁBULA IV

SOBRE LOS BENEFACTORES

Casi toda la selva estaba aplaudiendo a su presidente, el León. Éste, avanzó lentamente hasta la entrada de un puente colgante. Y, cogiendo una tijera que estaba sobre una almohadilla roja y que le alcanzó otro león sin melena, cortó, con adecuada parsimonia, la cinta que dejaba inaugurado el imperioso puente.

A decir verdad, aquella era una gran obra, ya que unía a dos partes importantes de la selva. Pero, la jubilosa multitud desconocía que las cuerdas del puente eran los rabos de cientos de monos desaparecidos.

TESTIGO DE TODO

...toda verdad
es escándalo...

MARGUERITE YOURCENAR

Lo más trivial del mundo es que un oficial retirado llamado Rivas llegue al parque. Un parque como todos, con sus jardineras, sus enamorados sentados bajo la sombra amable de algún árbol viejo y viejos alegres e inquisidores. Pero lo que no es trivial en un parque, es que el ex-oficial Rivas se haya acercado a ella con arrogancia, la haya tomado por los hombros, y sin decir una palabra, se haya encaminado al centro mismo del parque. Como en todos los parques, había oficiales de guardia que, al verlo, extrañados, se interrogaron por la radio. Pero Rivas no reparó en nadie. La puso en un banco y se paró frente a ella con los brazos cruzados:

—Comienza a hablar de lo que quieras —dijo, y se secó una gota enorme de sudor que le corría por la sien—. No pretendo un interrogatorio formal —y empezó a trazar una caligrafía indescifrable en la palma de su mano izquierda, como si tomase nota.

Pero un frío silencio casi se hizo visible entre el bullicio de la ciudad. Silencio que se clavó en algún sitio donde residía la paciencia de Rivas.

—¡Habla, puta e mierda, tú sabes todos los secretos de la ciudad, habla porque...!

No había terminado de decir esto cuando tres oficiales, celosos del orden, se le lanzaron encima:

—Suéltenme, incompetentes, ella es testigo de todo lo
que pasa en este parque, suéltenme, maricones e' mierda!
¡Yo soy Capitán…! ¡Suéltenme…!

Y lograron llevárselo.

Unos minutos después, un oficial joven la condujo
a su lugar. Por el camino, se le vio meditabundo, como
afectado por las palabras de Rivas. Después, lanzándole
una mirada sombría, la puso en su sitio. Cuando terminó
de acomodarla, lanzó un salivazo cerca de la base, le dio
la espalda y se fue mirando las despobladas jardineras,
los enamorados a la sombra de los árboles amables, los
viejos alegres e inquisidores. Y mientras él se alejaba, lo
juro, caballeros, vi cómo ella iba esbozando una lenta y
oscura sonrisa.

LOT

...y puso a Lot a salvo de la catástrofe,
cuando arrasó las ciudades en que Lot habitaba.

Gn 19, 26

Poco tiempo después de que Lot perdiera a su esposa, convertida en una estatua de sal por su desacato a Yahveh, el manso hombre nos pidió postrándose rostro en tierra, que le arrancásemos los ojos. Ya no soporto, oh Yahveh, exclamó, mirar sólo hacia adelante.

FÁBULA V

LA INCONCIENCIA DE LA ÉLITE

El Mono defendía las clases más bajas de la selva.
Escribía de sus costumbres, sus tradiciones; escribía
de la posibilidad inagotable del pueblo para producir
cultura. También escribía en contra del Búho, a quien
consideraba inconciente por mantenerse ajeno al desar-
rollo de la selva, y por jamás vérsele haciendo vida social,
ya que todo su tiempo lo consumía leyendo libros. Pero
el pueblo desconocía la noble labor del Mono. Y sólo el
Búho leía sus libros.

LA PUERTA

La niña se despertó con el largo lamento de la puerta.

–¿Mamá? –dijo con voz aliviada.

–Shshshsh –se escuchó ásperamente en el pequeño cuarto.

–¿Eres tú, mamá? –volvió a preguntar después de un corto silencio.

–Cállate –dijo la madre en voz baja y áspera. La niña hizo silencio y se acomodó para dormir.

Al instante, un ruido turbio hizo que abriera los ojos. Algo había caído de manera brusca sobre el bastidor de la cama de su mamá. El ruido de la cama no cesaba, era constante y elástico. De entre los ruidos la niña pudo identificar el jadeo de su madre. Pero el miedo se hizo más intenso cuando a sus oídos empezaron a llegar jadeos desconocidos. Y ambos jadeos fueron haciéndose más fuertes, y casi eran gritos. Gritos que acoplaban con el rumor metálico del bastidor.

–¿Mamá? –pronunció con voz ahogada.

Un shshsh diferente se escapó de entre el ruido, un shshsh jadeante.

–¿Mamá? –repitió casi llorando.

–¡Qué te calles, cojones! –exclamó de manera rabiosa una voz desconocida.

La niña se encogió entre las sábanas y volvió a hacer silencio. Pero no dejó de llorar. Los gemidos llegaban ásperos y amargos a sus labios; pero no pasaban más allá.

Unos minutos más tarde, el ruido fue cesando. Hubo un largo jadeo que salió de la voz desconocida y el cuarto quedó en calma. Después, se oyeron pasos y voces confusas. La puerta se abrió nuevamente; luego se cerró. Y su lamento estuvo un instante en el ambiente.

FÁBULA VI

PEQUEÑA Y FATAL DISTRACCIÓN
DEL ENEMIGO

La vaca pasó muy cerca de la colmena, y distraída, la golpeó con el rabo. Una abeja encargada de la vigilancia se lanzó a clavar su aguijón hasta lo más hondo de la carne agresora. Pero la vaca distraída aún, también golpeó a la abeja con su alegre rabo. Y su paseo continuó.

La casa

Las cosas habían empeorado. Hubo un día en que estuve a punto de cometer una estupidez. Recuerdo que Jorge me llamó para invitarme a una excursión a las montañas. Pensé negarme por lo anacrónico que sonaba ir a las montañas cuando más necesitaba entender la ciudad; sin embargo, creo que ese mismo anacronismo fue quien me impulsó a decirle que lo pensaría mejor y que lo llamaría luego. Esa noche lo llamé, como era de esperar, fue él el que recibió la llamada; nunca sale de su casa por las noches, más ahora, que vive solo. Le dije que sí y le pregunté que cuándo salíamos y con quién íbamos. Me contestó que salíamos en un par de días y que una pareja de amigos recién casados nos acompañarían y también Devorah, una amiga común. Entonces le dije que iba por ir porque pensaba que eso no me traería nada especial, y al parecer Jorge sospechó algo, me preguntó si me pasaba alguna cosa. Yo le dije que no.

Salimos un viernes por la madrugada. Tomamos un autobús que demoró unas cuatro horas para dejarnos en un pueblo que estaba justo donde empezaban las montañas. Jorge fue quien propuso la idea de caminar hasta un lugar bien intrincado, y nosotros dijimos que sí.

La pareja amiga de Jorge era muy silenciosa. Ella era más fea que él; pero él era negro; parecían buenas personas, pienso que se complementaban. Devorah tenía una mirada triste; a veces hablaba sin poder contenerse; sin embargo sus piernas eran perfectas y en su abdomen no había una gota de grasa; en otro tiempo fue bailarina, una bailarina hasta cierto punto talentosa, pero se lesionó y tuvo que estudiar contabilidad.

La primera noche fue divina. Bebimos hasta muy tarde. Las muchachas prepararon una comida exquisita para nosotros. Incluso, no pensé en nada.

El sábado caminamos desde que nos despertamos, hicimos un poco de té y empezamos a caminar. Al corazón de las montañas, decía Jorge a cada instante para darnos ánimo. Jorge siempre ha sido así, aunque desde que lo abandonaron se le ocurren ideas extravagantes. Es alguien a quien quisiera tener siempre cerca.

Por el mediodía llegamos a un manantial que brotaba entre las piedras. Es un lugar maravilloso, dijo Devorah. Sí, es un lugar maravilloso, repitió el recién casado. Y armamos las tiendas para pasar lo que restaba del día, hasta el domingo. Devorah tenía razón, era un lugar buenísimo. La imagen más nítida que guardo del lugar es unos árboles enormes que temblaban suavemente por una brisa que apenas se sentía; en fin, el sitio era amable y sencillo. Ese día agotamos las reservas de alcohol que quedaban. Pero no nos quejamos.

Planificamos regresar al día siguiente; cuando hablamos del regreso fue como si algo se hubiese roto, de nuevo pensé en todo y me sentí mal.

La mañana del domingo fue lenta y gris. Decidimos que llegaríamos al pueblo tomando un camino diferente, estábamos ansiosos de explorar y encontrarnos con lugares como el que habíamos hallado el día anterior. A eso de las diez empezó a llover. Los relámpagos caían rabiosos casi encima de nosotros. Devorah lloró. Al poco rato vimos una casa de madera y nos encaminamos hacia ella, no estábamos seguro de llegar al pueblo por esa ruta. Mejor es asegurarnos, dije. Sí, mejor es asegurarnos, repitió otra vez el recién casado.

Cuando estuvimos cerca de la casa, vi que era una casa bien cuidada, y que las flores y los arbustos que tenía alrededor estaban plantados con buen gusto. Había una mujer parada en el portal; su rostro, a pesar de la tempestad, era sencillo y natural.

—Entren —dijo la mujer apenas estuvimos llegando al portal—, les hice café.

Nos miramos extrañados y entramos al portal.

—Pasen a la sala —insistió la mujer, y en eso se asomó un hombre con una sonrisa plácida, que traía una bandeja con ocho tasas de café; supe que eran ocho porque la bandeja estaba dividida en dos parte y en cada parte había cuatro tasas de café.

—Los vimos desde que venía bajando la loma —dijo el hombre, sin dejar de sonreír—. Hey, Toni, ven a saludar a los amigos y tomar un poco de café.

Un Jove apareció apartando una hermosa cortina de fibra vegetal, nos dio la mano, cogió su tasa de café y se sentó cerca de Jorge.

—Somos de la ciudad —dijo jorge —, vinimos a pasar el fin de semana.

—Viene mucha gente de la ciudad a estas montañas —dijo la mujer.

—Está muy bueno el café, nunca había probado un café tan bueno —dije.

—Sí, es muy bueno este café —repitió nuevamente el recién casado.

La mujer, el hombre y el muchacho se miraron complacidos. Y nos miraron en silencio, mientras bebíamos el café. Se respiraba una armonía inexplicable. Aquellas tres personas sonriendo, anhelosos de servirnos, en aquella

casa limpia y amable me hicieron pensar en mi realidad;
pero sólo pensé en ella para disfrutar aquel momento
irrepetible, y continué bebiendo el café.

Hicimos chistes hasta que escampó. Después, nos
sirvieron almuerzo. Nosotros dijimos que no, que no
hacía falta, pero ellos insistieron sinceramente y tuvimos
que aceptar. Mientras almorzaba miré a través de una
ventana las montañas, grandes y tranquilas y hermosas.
Todo el tiempo se habló de ellas, de los manantiales, de
algunos pájaros que sólo se escuchaban, porque no se
dejan ver. Pensé que yo debía vivir en un lugar como ese.
Me invadió la idea de que todo era esplendido en aquella casa de madera, de que todo era familiar y perfecto,
de que siempre lo sería, de que aquel era un sitio único
para recorrer la existencia hasta el final. Entonces Jorge
dijo que nos debíamos ir si queríamos llegar a tiempo
para tomar el ómnibus de vuelta. No quiero, pensé, me
quedo. Fui el último en recoger los bultos. Cuando los
otros se despidieron y agradecieron todo, yo también me
despedí y agradecí una y otra vez y recorrí la casa con la
vista por última vez. Sigan por el camino, recto, cuando
lleguen a la punta de aquella loma, verán el pueblo, y
otra vez tomen el camino, dijo Toni, y nos abrazó a todos
otra vez.

Mientras caminábamos, Jorge, la pareja de recién
casados y Devorah hablaron de lo que harían cuando
llegaran a sus casas. Al parecer ellos no habían notado
nada. Yo no hable en todo el camino. Simplemente los
escuchaba a ellos o escuchaba el rumor del aire en los
árboles o el grito de algún pájaro asustado. Devorah se
percató de mi silencio, y bromeó sobre él.

FÁBULA VII

LA ILUMINACIÓN

La golondrina deseaba ser el ave más culta de la selva. Para eso, se la pasaba leyendo libros de disímiles materias. Un día, muy sobresaltada, luego de muchos años de persistente estudio, comprendió el peligro que significaba una jaula.

ÚLTIMOS PASOS

Con una jaba en cada mano, ella fue a sentarse en el camastro; después, puso las jabas en el suelo y miró las paredes. Todo era áspero y opresivo.

—¿Y qué? —preguntó él, dándole la espalda a la puerta y mirándola fijo.

—No sé —dijo ella.

—¿Y qué dices tú?

—Todo esto es muy feo aquí.

—No, yo lo siento como mi casa, como un hotel —dijo; después se rió con una risa borrosa—. ¿Qué trajiste?

—Espaguetis.

—¿Con queso?

—No, no había.

—No importa. Estoy muerto —metió las manos en una de las jabas y sacó un caldero que tenía espaguetis. Ella le dio una cuchara y empezó a comer. Mientras comía todo estuvo en silencio.

Cuando terminó se chupó las muelas largamente, se tragó la saliva y preguntó:

—¿Qué dice él?

—No ha dicho nada. Está mal.

—Hice lo que cualquier hombre haría.

Ella no contestó.

—Él me conocía bien...

—Es probable que no vuelva a caminar —le espetó ella.

—No le hace mucha falta.

—Eres un basura.

—No te voy a permitir que digas eso, Miriam.

—Eres un basura y un pendejo. No sé qué hago aquí.

—Eres mi mujer, ¿no te acuerdas? Y tienes que seguirme hasta el fin de todo, ¿entiendes?

—Ya no me asustas.

—¿No? Se te olvidó quién soy, ¿verdad? ¿Te lo recuerdo?

—¿Me vas a hacer lo mismo de antes?

—¡Cállate! —gritó él.

Hubo un breve silencio. Y se escucharon unos pasos apresurados que se acercaban.

—¿Qué pasa allá dentro? —preguntó alguien de modo autoritario.

—Nada, guardia, nada —contestó él.

—Apúrate entonces, que no tienes un mes.

En un gesto volátil ella recogió las jabas y se dirigió a la puerta. Pero él, sin darle tiempo a nada, se interpuso y le tapó la nariz y la boca con una mano.

Con los ojos encendidos, y tratando de opacar cualquier ruido delator, él mantenía su mano rígida en la cara de ella que, antes de desplomarse, alcanzó a escuchar los últimos pasos del guardia.

DESPERTAR

No sé por qué me levanté mal. Me pasa a cada rato. Creo que lo de hoy fue porque Laura no quiso hacer nada anoche. Eso me pone furioso. Me dijo que le dolía la cintura. Pero no le creí y le dije que un día me iba a cansar de todo y que ella iba a pasar un buen susto. Y no me contestó, conoce cuando estoy furioso de verdad. Ella se despertó temprano y se fue para su casa, sin despedirse. Yo seguí durmiendo hasta las diez y media o las once. Me despertó mi mamá haciendo ruido. Hoy es sábado y los sábados son los días de limpieza y desorden. Cuando me vio llegar a la cocina empezó a quejarse:

–Si sigo así no voy a llegar a los cincuenta.

–¿No hay nada para desayunar? –pregunté.

–No me siento los pies. Hay café.

Me serví un poco de café en un vaso. Comencé a to-mármelo poco a poco, entonces mi mamá dijo:

–Debería esperar y almorzar de paso. Mira la hora…

–No quiero.

Y se fue a sacudir la sala. Terminé de tomarme el café. Fui para el cuarto a escuchar música. La música es buena porque calma. Pero mi furia salía de la nada, de la nada se me quitaría. Así que no escuchaba música con el propósito de calmarme, escuchaba por escuchar.

Casi a la una llegó mi papá. Sentí que conversó algo con mi mamá. Un instante después mi mamá empezó a quejarse. Creo que le dio un descenso. Mi papá le decía que eso le pasaba por no comer bien, que estaba bueno ya de dejarnos las cosas a nosotros. Estoy sin desayunar, dijo mi mamá con una voz muy cansada. Toma agua, dijo mi papá. Sentí que mamá continuaba quejándose: si no llega a ser por la mesa me caigo de frente, la vista se me nubló y perdí la fuerza. No quise ir a la cocina. No es la primera vez que le pasa; además, había café.

Ya no pensaba en Laura, y continuaba furioso. Mi papá seguía regañando a mi mamá. Entonces fui para la cocina y les dije que dejaran el escándalo, que no es nada del otro mundo.

–¿Tú estabas en tu cuarto? –preguntó mi papá. Yo no respondí–. ¿No sentiste a tu mamá quejándose?

–Sí.

–¿Adónde vas? –preguntó mi mamá.

–No sé.

–Ya está el almuerzo.

–No quiero.

Y salí.

No sé adónde voy ahora.

No tengo ganas de ir a sentarme a la esquina, como todos los días.

No tengo ganas de llegar a ningún lugar, de hablar con nadie.

Todavía estoy furioso.

Camino.

Este sol es insoportable.

Fábula VIII

El peligro de ser único

Cansada de ser aborrecible y cansada de estar cansada, la Mosca decidió suicidarse. Trató lanzándose desde un alto acantilado, pero instintivamente las alas dejaban su cuerpecito suspendido en el aire. Probó también buscando un depredador de moscas. Y se sintió peor al saber que nadie siquiera se tomaba el trabajo de matarlas. Entonces, como única opción, fue a un lugar que el Búho llamaba ciudad, que según el sabio, era muy peligroso.

Al llegar se percató de que era el único ejemplar de su especie. Y se sintió bien. Dejó de pensar en el suicidio.

Pero luego la idea regresó a su cabecita.

Los científicos la habían capturado, y, desde su casa de cristal, recordaba la selva.

Un tipo increíble

Pasó algo terrible, fue la primera frase de Carlos cuando levanté el teléfono esta mañana a las seis y algo. Qué pasó, fue mi pregunta incrédula y somnolienta. Ven ahora mismo, dijo, y colgó sin el acostumbrado y vacío "bueno" que siempre dice antes de colgar. Un domingo tan temprano, me dije en voz alta, debe ser algo bastante serio.

Un rato después estaba tocando a la puerta de Carlos. Me abrió rápidamente. Tenía el aspecto de un hombre que ha estado mucho tiempo solo, fumaba como si eso fuese lo único que hubiese hecho toda su vida; al verme, dijo sorprendido:

—Ah, eres tú.

—¿Qué pasó? —dije sin reparar en su sorpresa, mientras entraba y me sentaba sin ánimo en su sofá.

—Algo terrible —contestó expulsando una bocanada espesa de humo.

—¿Marcia?

—Más o menos. No sé. Es ella y no es ella. Se fue, pero no es eso...

—Te entiendo. Sobre todo esa parte de "es ella y no es ella".

—No te rías —dijo de una manera dura y lastimosa.

—No me río, sólo pienso que si me molestas un domingo tan temprano debe ser para algo más terrible, como dices tú. ¿Qué pasó con Marcia?

—No me importa que Marcia se haya ido. O sí me importa. Quiero decir, que eso no es lo peor...

—No está en casa de su hermana —dije intentando imprimirle un poco de lógica a la conversación.

—No está en ninguna parte.

—Llama a la policía...

—Cuando llego del trabajo siempre está aquí —dijo cortándome la frase—. Me sirve la comida. Y luego me acuesto. Creo que ella se queda mirando la televisión, leyendo y eso. La cosa es que anoche, cuando sentí hambre, fui hasta la cocina y no la vi. La busqué por toda la casa y no estaba. Entonces busqué el número de teléfono de la hermana, llamé y me dijo que no, que desde hacía no sé que tiempo no se veían.

—Se habrá ido con otro —dije, y sonreí esperando que él se relajara un poco.

—Todo lo suyo está aquí. Bueno, no sé si todo; pero miré en nuestro cuarto y hay muchas cosas de ella.

—Llama a la policía —repetí.

—Eso es lo terrible —dijo, luego le dio una intensa chupada al cigarro y lo botó en el piso.

—¿Tienes algún problema con la policía?

—Tengo miedo que me pregunten.

—Que te pregunten qué.

—Por ella.

—No entiendo. Marcia está perdida y dices que tienes miedo de que la policía te pregunte por ella.

—No es eso. La cosa es que si me preguntan estaré en problemas.

—¿Qué problemas? Tú no tienes nada que ver, ¿no? Le das una foto y ellos la encuentran.

—No tengo fotos de Marcia.

—Bueno, eso es muy fácil. Haces un retrato hablado.

—Eso es lo terrible. Eso es lo terrible. No puedo hacer un retrato hablado de Marcia.

—¿Cómo?

—Es terrible... terrible...

—No repitas más esa estúpida palabra y dime qué es lo que pasa.

—No recuerdo a Marcia. No me acuerdo de la cara de Marcia.

—Tú estás jodiendo, ¿verdad? —dije, y Carlos moneó la cabeza en una negación amarga—. ¿Cómo carajo no vas a recordar la cara de tu mujer? Eso es estúpido.

—Lo sé; pero me pasa. Me pasa. No recuerdo la cara de Marcia. No me acuerdo de su nariz, ni de cómo tiene las cejas, de qué manera me mira. No me acuerdo de una mirada suya. Para eso te llamé. Tú eres mi amigo. Y sí te acuerdas, ¿verdad, Mario?, ¿verdad que te acuerdas de su cara?

—Esto es increíble.

—No me importa lo creíble o lo increíble que te parezca. Me importa que me digas si te acuerdas o no de su cara. Eso. Nada más. Dime, ¿te acuerdas?, ¿puedo llamar a la policía?

Lo miré a los ojos. Algo salvaje ocurría detrás de los ojos de Carlos. Y le dije:

—¿Quieres que vuelva?

Hizo silencio un instante. Luego contestó con una voz pálida:

—No sé.

—Bueno. No llames a la policía.

—¿Y si no regresa?

—Mejor. Así no estás obligado a recordar su cara.

—Tienes razón —dijo. Prendió otro cigarro con un temblor enfermizo en las manos—. Dime más o menos cómo era.

—Normal, sí, nada extraordinario, normal... —contesté y me paré del sofá.

—Normal...

—Sí, normal —afirmé—. Puedes almorzar y comer hoy en mi casa —dije, y empecé a irme—. Ah, la hermana, ella debe de tener alguna foto de Marcia.

—Fue lo primero que le pregunté —dijo Carlos—. Nunca se llevaron bien.

Y me fui.

Ya son las once más o menos, y Carlos no vino a almorzar ni a comer.

El teléfono está sonando. Lo levanto y escucho la voz de Carlos:

—Ya me acuerdo de algo. Tiene una cicatriz en el cuello, se operó hace unos meses de las tiroides. Si me preguntara la policía diré eso. Será fácil, ¿verdad? Bueno, chao. Dije bueno, y colgué.

FÁBULA IX

EL SILENCIO SALVA

Hace ya muchísimos años, cuando los leones todavía vivían en las selvas, un león atrapó a un mono. Lo llevó a su cueva y lo encerró.

El mono veía todas las noches cómo el león se alimentaba de los demás animales; incluso, de otros monos. Aquello le causó mucho temor y dudas al mono: ¿para qué me querrá?, ¿querrá hacerme creer que es completamente normal dejarme descuartizar?

El mono se hizo viejo con sus preguntas, y con el león, que en ocasiones lo soltaba, y él no se iba. Incluso, una vez, el león le pidió que lo ayudara a descuartizar a otro mono, y el mono lo ayudó; todo, siempre, en silencio.

DESDE LA AVENIDA

Afuera, la madrugada era limpia y deshabitada. Desde la ventana del tercer piso no se veía a nadie caminar por la avenida, sólo algunos carros pasaban velozmente de vez en cuando, y dejaban en el ambiente un ruido largo y cansado. El edificio era de apartamentos lujosos, aunque los exteriores tenían una pintura muchas veces lamida por la lluvia y la luz. Ella estaba sentada junto a la ventana y una brisa le golpeaba tiernamente el rostro. Se pudiese decir que lo esperaba con impaciencia si no fuera por la fuerte decisión en su mirada, la misma que se extendía en dirección al centro de la ciudad, por toda la avenida, como una luz serena sobre el agua.

Al fin lo vio acercarse casi por el centro de la avenida, como si no quisiera tocar el pavimento para caminar. Caminaba de modo impecable, ella sabía que aunque hubiese bebido todo el día, no perdía el equilibrio. Salió de su habitación, encendió las luces de la sala y se sentó en el sofá.

Él abrió la puerta silenciosamente. Y no se sorprendió al verla.

—¿Despierta? —preguntó él con frialdad; sabía que siempre ella lo esperaba despierta. Y se dirigió a la cocina sin mirarla apenas.

—Joel —dijo ella—, quiero hablarte.

—Claro, tengo sed ahora.

Cuando Joel regresó de la cocina se sentó junto a ella y le puso una mano sobre el muslo. Ella retiró el muslo.

—Hoy será la última vez —dijo ella, y le fue imposible despojar la frase de ese sentido falso, teatral, como si repitiera lo que tantas veces había visto en las telenovelas.

—Está bien —dijo Joel—. ¿Podemos dormir?

—Quiero que todo termine.

—Ya te lo prometí, todo va a terminar. Hoy no tomé nada, huele si quieres —y le puso la boca cerca de su nariz.

—No me importa. Quiero terminar ya —dijo ella frente a su boca.

—Me estás aburriendo. Por qué no dormimos y mañana discutimos —dijo Joel volviendo el rostro.

—No. Quiero decidirlo todo ahora. Quiero que mañana ya no vivas aquí.

—Entiendo. ¿De nuevo quiere que esté atado a tu jodida comodidad?

—Y yo, ¿a tu jodida juventud?

—Lo mismo, lo mismo y lo mismo. ¿Cuántas veces más hablaremos de lo mismo? También me estoy cansando de todo, ¿y sabes?, también quiero que termine.

—Entonces estamos de acuerdo.

—De acuerdo —dijo Joel, y meneó la cabeza de modo afirmativo—. ¿Podemos dormir ahora?

—No, todo ha terminado —ella lo miró a los ojos de una manera dura, y se levantó del sofá—. Puedes quedarte acá hasta mañana.

—Estas llevando esto muy lejos. Por favor, ¿puedes terminar con esta puta comedia?

—Eso es lo que hago.

—¿Por qué no vamos a la cama? Mañana te explicaré.

—El sofá o la puerta.

Y él vio que ella hablaba seriamente. Y vio que tenía que escoger. Entonces se acostó en el sofá sin decir una palabra.

—Hasta mañana —dijo ella. Joel la siguió con la vista, hasta que ella apagó la luz y cerró la puerta de su habitación. .

Un instante después ella escuchó la puerta del apartamento cerrarse firme y resignadamente.

Él, desde la avenida, esperó mucho tiempo a que la ventana del tercer piso se iluminara.

Y no se iluminó.

Después, empezó a desear el sofá.

ESTA ES LA VIDA

Con preocupación en el rostro, una mujer vio acercarse a su hijo. El niño, de apenas siete u ocho años, traía en una mano un pedazo de pan envuelto en un papel amarillo y en la otra un puñado de monedas. Cuando el niño estuvo frente a la mujer, esta en un gesto brusco, le sacó las monedas de las manos. Luego de reparar unos segundos en las monedas, preguntó: ¿Y lo que falta? El niño bajó la cabeza y no respondió. ¿Dónde está lo que falta?, volvió a preguntar la mujer. El pequeño tragó saliva, levantó la vista y dijo con voz temblorosa: Yo tenía ganas de comerme un dulce de leche y compré uno y me comí la mitad y te guardé la otra mitad pero… La madre súbitamente levantó el brazo y lo descargó con fuerza en la cara del niño. Hoy no había fumado, dijo mientras volvía a alzar el brazo.

FÁBULA X

LA UTILIDAD DE LA BOCA

El mono, juguetón como siempre, frotó dos piedras y de pronto se encendió una pequeña llama. Al principio quedó atónito; luego, cuando vislumbró algo sobre el poder del que podía disponer, se sintió un animal superior. Más tarde sopló suavemente la llama y esta se avivó. Soy el rey de la selva, se oyó en su voz de mono.

Estuvo mirándola unos minutos, y trató de experimentar con su poderosa arma. Entonces le lanzó un salivazo, y con su rostro de mono, vio cómo se extinguió la llama. El monito volvió a sentirse un animal con cierta inteligencia. Y jamás pudo descubrir que avivar y apagar son cosas que salen de una misma boca.

LA PELEA

El lugar era agradable: una inmensa arboleda rodeada por elevaciones cubiertas de un pasto tembloroso. En el centro de la arboleda, aprovechando un claro entre los árboles, estaba la valla. Había muchas gentes con gallos, así que Nerio tuvo que conformarse con amarar a su gallo al tronco de un arbusto, lejos de la valla. Sin embargo, de manera rápida se le acercó un hombre bien vestido, con aspecto de todo menos de gallero, y preguntó por el peso del gallo. Tres seis, dijo Nerio, y vio cómo el hombre se marchó entre la multitud de aficionados sin decir nada. Al instante, se le acercó otro hombre, y dijo:

—¿Tres cuánto?

—Tres seis —contestó Nerio, y se paró de golpe.

—¿Puedo verlo?

Nerio le alcanzó el gallo.

—¿Cuánto dinero recoge? —dijo el hombre.

—Mil doscientos —dijo Nerio.

—¿No recoges más?

—No. Vengo solo.

—¿Quién le va a espuelar? —dijo el hombre después de una incómoda pausa.

—Yo mismo.

—A mí El negro, el de Pico Blanco, ¿lo conoce?

—No sé. Creo que sí. Pero todavía no he visto el suyo.

—Pesan lo mismo. Yo sé lo que digo. Ahora lo traigo.

Un minuto después apareció el hombre con un hermoso gallo blanco. Y con El negro, que de negro sólo tenía algo en la mirada.

—Me gusta. Vamos a pesar —dijo Nerio.

Después de pesar, y ambos dueños comprobar que el otro era el contrincante preciso, hablaron sobre las espuelas. El negro sacó un par de espuelas negras y brillantes, y Nerio no las aceptó.

—Nadie las acepta —dijo el dueño, y mostró una sonrisa más enorme que las botas que llevaba puestas. Sacó entonces un par transparente.

—Con esas —dijo Nerio.

—A pegar espuelas —exclamó el dueño.

—Espérate, Mateo —dijo El negro—. ¿Tú no vas a ver las espuelas de él, o qué?

—Claro —dijo Mateo—. A ver las de usted. Y tú, Negro, ¿o qué, qué?

—Nada —susurró El negro.

—Nerio enseñó un par de espuelas cortas pero bien pulidas, y El negro sólo les lanzó un vistazo.

—Con esas mismas —dijo El negro.

Nerio le pidió a un muchacho que le aguantara el gallo para espuelarlo. El muchacho se mostró vacilante. Pero Nerio le dijo que iba a pagarle si ganaba. Entonces el joven botó un cabo de cigarro que tenía en la mano y sujetó el gallo.

En pocos minutos Nerio y El negro estuvieron uno frente al otro, con los gallos en las manos, en el centro de la gran valla. Al otro lado se compactaba la multitud. Entonces soltaron los gallos.

Los animales se impactaron con un ruido eléctrico y todos vociferaron.

Cada gallo clavaba rabiosamente las espuelas en el cuerpo del otro, y el otro le contestaba con la misma rabia.

De súbito, el gallo de Nerio aleteó ferozmente sobre la cabeza del gallo blanco que, también de súbito empezó a dar brincos y a chillar lastimeramente por toda la valla. La gente vociferó con más fuerza. Hasta que el gallo blanco quedó a los pies del Negro. Sólo sus patas temblaron un instante; después, quedó inmóvil.

El gallo de Nerio se acercó a su enemigo, e intentó la cópula. Repentinamente, El Negro apartó el gallo de Nerio con un manotazo rencoroso. Nerio, confundido entre la alegría de la victoria y la humillación de ver cómo golpeaban a su gallo, se lanzó sobre El negro, que fue a dar contra la valla. Después se acercó a su gallo; entonces, sintió un frío inexplicable que se le alojaba en las entrañas. Trató de virarse y no pudo. Sintió una vez más la misma frialdad, hasta que empezó a caer lentamente, como un árbol luego del último hachazo.

Mateo ignoraba las gotas de sangre que caían sobre sus botas. El silencio había sepultado todo. El tiempo quedó por un instante como detenido. La brisa también se detuvo allá, en los distantes pastos de las colinas; sólo el manto de sangre que se iba del cuerpo de Nerio avanzaba sobre el polvo y sobre algunas salpicaduras de la sangre de los gallos. De pronto, el fervor del cantó del gallo de Nerio hizo que el tiempo continuara. Mateo se acercó al gallo, y extrañamente el gallo se entregó a las manos de Mateo que, de un tajo separó la cabeza del cuerpo. Luego dejó caer el cuerpo. Nadie se movía siquiera para espantar un insecto, sólo miraban cómo el animal se estrujaba contra la tierra, como si reclamara algo. Los aletazos fueron haciéndose cada vez más tenues, hasta que todo volvió a quedar en silencio.

Poco a poco la brisa empezó a murmurar en las hojas, a levantar pequeñas nubes de polvo, a mover las plumas de los gallos muertos, a acariciar los cabellos de Nerio, y los de Mateo.

Sin embargo, en la distancia, el pasto aún no temblaba.

ÚLTIMA FÁBULA

Ningún animal sabía por qué en la selva ocurrían cosas misteriosas: las cucarachas querían ser filósofas, los monos disertaban acerca del fuego como otra forma del poder; y las ovejas negras, gustosas, mediante ocultas y peligrosas técnicas cambiaban su pelaje por uno más común y corriente. Todo estaba como dispuesto por una mano superior.

Pero el Búho no entraba en ningún fenómeno irreal. Sólo se dedicaba a estudiar causas y efectos. Al cabo de muchos años, descubrió al causante de tanta irrealidad: el fabulista. La vieja ave reunió a los animales y les dijo el resultado de su investigación. Al instante los animales decidieron acabar con la existencia del artífice.

Desde entonces, todo fue común y corriente, como las selvas de verdad. Y nadie, absolutamente nadie, escuchó jamás al búho; porque desde aquel día, los búhos no hablan.

Índice

www.ingramcontent.com/pod-product-compliance
Lightning Source LLC
Chambersburg PA
CBHW021132130626
46554CB00002B/970